Ellea und die Stadt

Ellea und die Stadt

Clemens Bruno Gatzmaga
illustriert von Ana Popescu

Karl Rauch

Für den kleinen Waldgeist

Es gibt Tage, da kann man die Fische flüstern hören, wenn man das Ohr dicht an die Oberfläche des großen Ozeans legt. Kann hören, wie die Quallen kichern. Und die Wale niesen …

An solchen Tagen taucht am Horizont
manchmal eine einsame Insel auf.
Aber man muss schon ganz genau hinschauen,
wenn man sie entdecken will.

Auf dieser einsamen Insel – die man also nur sehen konnte, wenn man ganz genau hinschaute – lebten die pinken Affen.

Sie wohnten gemeinsam in der Affenstadt. Nur eine Äffin nicht. Die wohnte in der Höhle eines Baumriesen. Äffin Ellea.

Im Frühling saß Ellea
auf dem Ast des Baumriesen
und schaute in die Ferne.

»Wie schön es ist, alleine zu sein«, dachte sie. »Aber manchmal wäre es auch schön, nachts vom Schnarchen eines Anderen aufzuwachen.«

Während die Affen unten in der Stadt ziemlich busy waren.

»Bist du busy?«, fragte einer.
»Super busy«, antwortete ein anderer.
»Busybusy«, murmelte ein Dritter.

Im Sommer saß Ellea auf dem Ast
des Baumriesen und schaute in die Ferne.

»Wie schön es ist, den ganzen Tag auf Bäumen zu verbringen«, dachte sie. »Aber manchmal wäre es auch schön, mit den anderen Affen an einer Ampel zu stehen, genau in dem Moment, in dem sie grün wird.«

Während die Affen unten in der Stadt ziemlich busy waren.

»Wollen wir zoomen?«, fragte einer.
»Lass zoomen«, antwortete ein anderer.
»Zoomzoom«, murmelte ein Dritter.

Im Herbst saß Ellea auf dem Ast des Baumriesen und schaute in die Ferne.

»Wie schön es ist, wenn einem niemand Anweisungen gibt«, dachte sie. »Aber manchmal wäre es auch schön, einen Rat zu bekommen, von einem guten Freund.«

Während die Affen
unten in der Stadt
ziemlich busy waren.

»Haste 'nen Call?«, fragte einer.
»Zwei Calls«, antwortete ein anderer.
»Callcall«, murmelte ein Dritter.

Im Winter saß Ellea auf dem Ast des Baumriesen und schaute in die Ferne.

»Wie schön es ist zu faulenzen«, dachte sie. »Aber manchmal wäre es auch schön, auf die getane Arbeit stolz zu sein.«

Während die Affen unten
in der Stadt ziemlich busy waren.

»Machste 'nen Workout?«, fragte einer.
»Winter-Workout«, antwortete
ein anderer.
»Workwork«, murmelte ein Dritter.

Dann, eines Nachts, als Ellea in ihrer Baumhöhle schlief, hatte sie einen Traum: Unten in der Stadt geriet ein Kaminfeuer außer Kontrolle.

Der Traum fühlte sich so echt an, dass ihr war, als könnte sie das Knistern des Feuers noch nach dem Aufwachen hören.

Und tatsächlich, dort, ganz am Ende der Affenstadt, entdeckte sie, dass aus einem der Häuser Flammen schlugen.

»Ich muss die anderen warnen«, dachte Ellea, doch sie hatte Angst, den Baumriesen zu verlassen.

Es war nämlich so, dass sie sich ein wenig vor der Stadt fürchtete.

Aber dann fasste sie sich
ein Herz und flitzte hinunter.

»Es brennt!«,
schrie sie
aus voller
Kehle, »es brennt!«
Und noch einmal so laut sie konnte: »Es brennt!«
Da kamen die Stadtaffen aus ihren Häusern und
wunderten sich über diese fremde,
felltragende Äffin.

»Es brennt?«, fragte einer. »Kann nicht sein! Ich habe keine Push-Benachrichtigung bekommen.«

»Außerdem haben wir eine Feuerwehr«, erklärte ein anderer, »die wird sich darum kümmern.«

»Aber seht ihr denn nicht…«, versuchte es Ellea noch einmal voller Verzweiflung, doch die Stadtaffen unterhielten sich schon längst über den nächsten Arbeitstag.

»Wenn man die ganze Zeit nur busy ist«, schimpfte da Oscar, ein alter Affe, der Ellea zu Hilfe kam, »merkt man halt nicht, dass das eigene Haus in Flammen steht.«

»Das eigene Haus!?«

Die anderen Affen sahen von ihren Handys auf und bekamen einen Riesenschreck.

»Alles on fire«,
sagte einer.
»Voll on fire«,
antwortete
ein anderer.
»Firefire«, rief
ein Dritter.

»Beim Baumriesen oben auf dem Berg finden wir Schutz«, rief Ellea, doch die anderen Affen hatten Angst, die Stadt zu verlassen. Es war nämlich so, dass sie sich ein wenig vor dem Baumriesen fürchteten.

Aber dann fassten sie sich
ein Herz und flüchteten mit
Oscar und Ellea auf den Berg.

Die Stadtaffen hatten so viel Holz zum Heizen benutzt, dass vom Wald kaum etwas übrig geblieben war. Nur der Baumriese stand noch da.

»Früher, also ganz früher«, erklärte Oscar, »als ich ein Baby war, haben wir noch hier oben gewohnt.«

Die Stadtaffen bezogen nun vorsichtig die lange unbewohnten alten Höhlen im Baumriesen.

Fremd fühlten sie sich und sie bibberten vor Kälte am ganzen Körper.

»Workation?«

Doch schon nach ein paar Tagen bemerkten sie voller Überraschung, dass ihnen das Fell nachwuchs. Das war weich und perfekt, um sich hinzukuscheln und auszuruhen.

Dabei kamen ihnen plötzlich lauter Ideen, wie sie die Stadt neu aufbauen könnten.

Bäume, dachten sie, sind eigentlich viel zu schade, um sie nur als Feuerholz zu benutzen.

Darüber wurde es
wieder Frühling und
Ellea saß neben Oscar
auf dem Ast eines Baumes
und schaute in die Ferne.

»Wie schön es ist, einen Freund
zu haben«, sagte sie.

»Dann kann man seine Freude mit jemandem teilen«, antwortete Oscar.

Und beim nächsten Abenteuer
mit Äffin Ellea, geht Ellea auf
die Suche nach ihren Eltern.

Busy Stadtaffen, die viel zu tun haben, sind »busy«. Wobei, manchmal haben die Stadtaffen gar nicht viel zu tun und sagen trotzdem, sie seien busy. Dann schauen sie ganz angestrengt auf ihre Handys, damit man ihnen das auch glaubt.

Call Stadtaffen, die telefonieren oder planen zu telefonieren, haben einen »Call«. Es gibt Stadtaffen, die tippen dafür eine Telefonnummer in ihr Telefon. Aber die sind meistens schon ein wenig älter. Alle anderen »zoomen«.

Workation Stadtaffen, die in den Urlaub fahren, um zu arbeiten, machen »Workation«. Anstrengen und gleichzeitig entspannen können aber längst nicht alle. Viele Stadtaffen bräuchten nach der Workation deshalb eigentlich noch mal richtigen Urlaub.

Workout Stadtaffen, die trainieren, nennen das »Workout«. Darunter fällt hauptsächlich Holzhacken, Holzscheite stapeln und Holzscheite in den Ofen werfen. Damit man dann, also nach dem Workout, wenn man ganz verschwitzt ist, nicht beginnt zu frieren.

Zoomen Stadtaffen, die sich beim Telefonieren auf einem Bildschirm anschauen, »zoomen«. Sich auch zu sehen, hat den Vorteil, dass man weniger miteinander sprechen muss. Nase rümpfen reicht.

Danke Ana Popescu dafür, dass du Ellea ein Gesicht gegeben
und ihre Welt zum Leben erweckt hast.
Danke an Hans Koch und das Karl Rauch-Team für das Vertrauen
und die Unterstützung.
Danke an Ondřej Buddeus für die E-Mail, die viel angeregt hat.
Danke an Anna Tillack, Cyriakus Bräutigam, Gilda und Julian Polagnoli,
Julian Oppmann, Nina Reble und Sophia Weyringer für das Testlesen.
Danke an Diana Leizinger und das Jane Goodall Institute für
die Empfehlung.
Danke Dani Terbu, für das, an was ich sie gleich nochmal erinnern muss.
Danke an meine Lektorin Angelika Klammer.
Und zuletzt danke an Nina Kasmaei, die Waldgeist-Mama,
für das Erstlesen, die Impulse und die Unterstützung.

© Julius Erler

© Mihnea Popescu

Clemens Bruno Gatzmaga hat Germanistik und Geschichte studiert, er ist Autor und Kurator. Mit seinem Debütroman *Jacob träumt nicht mehr* stand er im Jahr 2021 als einer von drei Kandidaten auf der Shortlist Debüt 2021 für den Österreichischen Buchpreis, 2022 war er zum Ingeborg-Bachmann-Wettbewerb nach Klagenfurt eingeladen. Gatzmaga lebt mit seiner Familie in Wien.

Ana Popescu ist eine französische Künstlerin und Illustratorin. Geboren 1988 in Rumänien, studierte sie Druckgrafik und Zeichnen an der Universität für angewandte Kunst in Wien. Ihre Arbeiten wurden in New York, Tokio, Shanghai, Ljubljana, Bergen, in London und in Wien ausgestellt. Zu ihren Auftraggebern gehören u.a. Google, Rimowa, Tylko, Zeit Magazin, M le magazine du Monde, Canal+, Architectural Digest, Soho House und Frieze NY.

Gefördert durch das

Bundesministerium
Kunst, Kultur,
öffentlicher Dienst und Sport

Satz: Sebastian Maiwind, Berlin
Gedruckt auf chlor- und säurefreiem Papier und gebunden
bei Jelgavas Tipogrāfija, Jelgava, Lettland.
 Printed in Latvia.
ISBN 978-3-7920-0384-8

www.karl-rauch-verlag.de